김영식 시집

우울한 無요일엔

국립중앙도서관 출판시도서목록(CIP)

우울한 無요일엔 : 김영식 시집 / 지은이 : 김영식. — 서울 : 한누리
미디어, 2013
  p. ;   cm

ISBN 978-89-7969-461-1 03810 : ₩12000

한국 현대시[韓國 現代詩]

811.7-KDC5
895.715-DDC21   CIP2013022739

김영식 시집

우울한 無요일엔

한누리미디어

　세상이라는 무대에서 어떤 감정으로 어떤 분장을 하고 어떤 가면을 쓰고 어느 하늘에 독백을 읊조리는 광대가 되어가고 있는 걸까.

　희망을 갈구하고 꽃잎의 숨을 대신 쉬어주고 바람의 노래를 옮겨 불러주는 일들 어느 날은 격하게 그대를 불러보고 그리곤 어떤 날은 나뭇잎의 낙하에 심장이 베어지는 감정들을 불러 모아 연기를 하는 내 가슴은 언제나 서걱거린다.

　자연이 준 위대한 시집에 난 과연 오만방자한 낙서를 하는 것인지 혹은 알아보지 못할 화장을 겹겹이 덧칠하는 것은 아닐까 겸허하게 반성해 본다. 그럼에도 반복되는 수많은 시행착오는 계속 진행될 것이지만.

　어느 날인가 홀연히 내 숨을 떨구는 날 그때야 온전한 자연의 한 일원이 되어 갈 테고 그제야 그것과 비로소 닮아있을 것이다

　많은 새벽이 미치도록 사무치게 만든 숱한 상념들 사이로 비록 아직은 절름발이 글쟁이이겠지만 이제 겨우 시인이란 이름의 의미를 깨달아 간다

　　　이제 보드레한 꽃숨이 터진다
　　　내 심장 소리가 격하게 울려 퍼져
　　　그 울림을 떨리는 꽃잎 한 장 위에 올려
　　　결 고운 그대의 입술에 닿게 하리라
　　　그대 물러서지 말라

책이 나오기까지 가족들의 응원 모두 감사하지만, 특히 같이 숨 쉬는 아내, 예쁜 외손자를 낳아 기쁨을 준 큰딸 내외, 표지디자인을 해준 작은딸과 동영상을 제작해 준 아들, 편집하시느라 애써준 한누리미디어 김재엽 사장님과 직원 그리고 부족한 글에 해설을 해주신 홍윤기 박사님께 무한한 감사를 드린다.

아울러 자질구레한 일들을 섬세히 도와준 연합회 간사, 일터를 굳건히 지킨 지영 선생, 함께 고민해 준 안성시 학원연합회 가족, 안성문인협회 식구, 안성예총 예술가, 사랑하는 지인들에게도 고개를 조아린다.

함께 숨 쉬어 준 그들에게 내 숨을 팔아서라도 감사를 드릴 수 있을지 모르겠다.

이제야 아버지를 읽고 어머니를 헤아릴 줄 알아가는 나이가 된 나는 물론 아직도 그들에겐 어린애일 뿐. 어리광처럼 자랑하고 싶다.

내 시집의 절반은 그들에게서 베껴온 것이니 이 시집을 아버지 묘소에 바친다.

2013년 가을날

아버지를 읽고 있는 빈들에서 **김 영 식**

차례

제1부_ 우울한 無요일엔

제2부 _ 홀로 된다는 것

차례

제3부 _ 거울 속 사랑

제4부_ 작은 깨달음

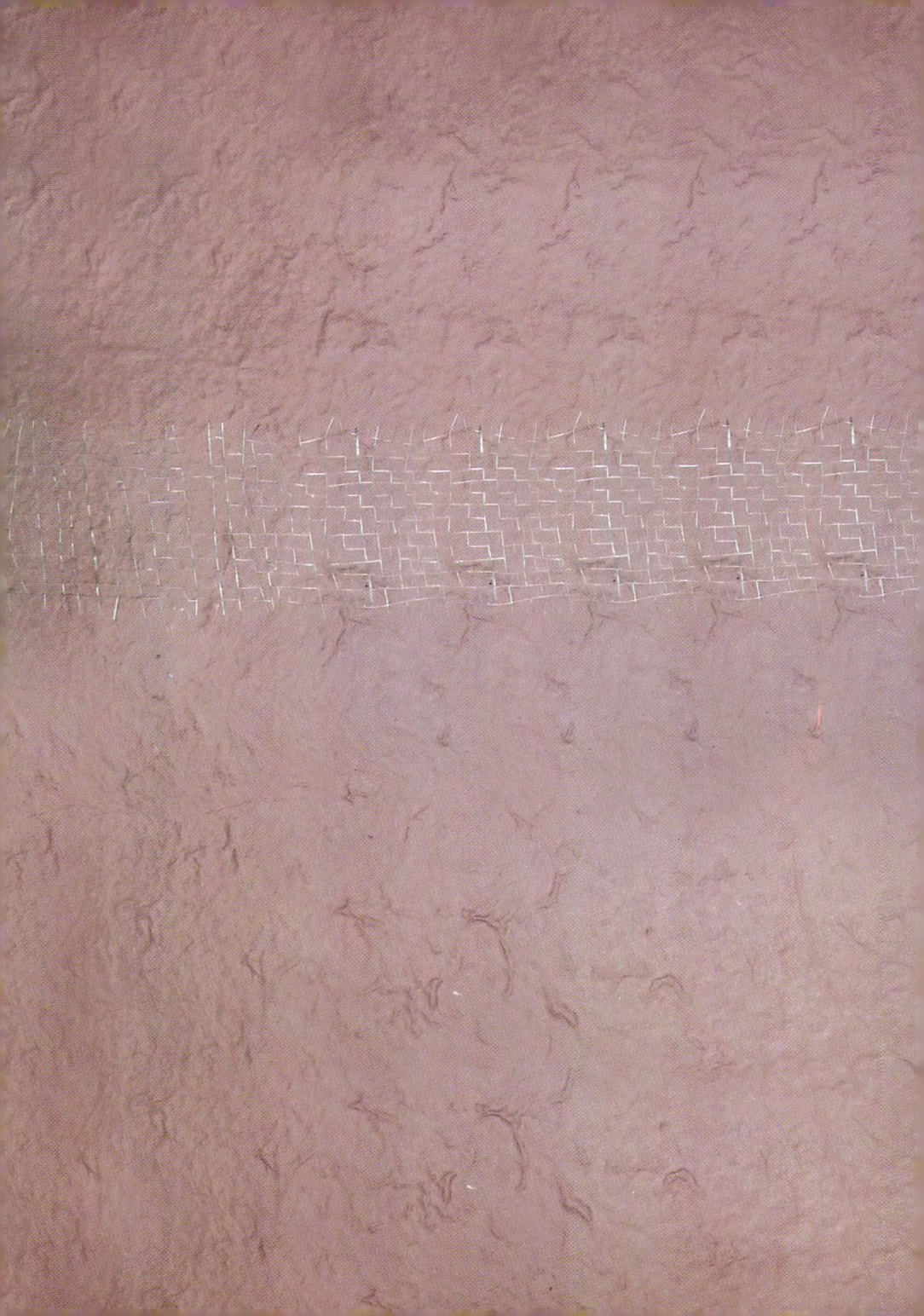

1

우울한 無요일엔

쓸쓸한 바람이 있는 無요일엔
아비, 어미, 자식, 친구, 주변의 무엇
그토록 애잔한 이름 하나 불러주자
그리고 바라봐주자
수식 없는 진솔한 이름 하나를

우울한 無요일엔

우울한 바람이 있는 無요일엔
넋 놓고 그리운 이름 하나 부르고 싶다
그건 허락되지 않은 서러운 별의 이름이라도
잔인하리만큼 팽개쳐져 잊힌 듯한 이름조차도
이윽고 알아차릴 정도로 낮게 불러본다

점점 내가 아닌 이름으로 불린다
스쳐 지나갈 불림이지 않으면 좋으련.
물처럼 흘러 어느 곳에서 만나도
난 부족하지만 내 알몸이 보이는
그리고 얼핏 이라도 불리는 이름이 좋다

우린 모두 너와 내가 들어있는 이름을
그 무엇일지 모르지만 모든 이해해 줄 有
내가 아무것도 아닌 이름이라도
그리하여 불러주고 불리도록 하자
기쁜 有요일이면 좋을 테니까

쓸쓸한 바람이 있는 無요일엔
아비, 어미, 자식, 친구, 주변의 무엇
그토록 애잔한 이름 하나 불러주자
그리고 바라봐주자
수식 없는 진솔한 이름 하나를

우울한 無요일엔

우울한 바람이 있는 無요일엔
널 놓고 그리운 이름 하나 부르고 싶어
··········

비 그리고 비나리

사선의 빗금은 내가 빚은 열정을
하나 둘 베어내고
밤부터 두런대던 빗물의 아우성은
생각마저 멈춰 버린 머리를 휘돌아
얼어버린 가슴에 헝클어 뿌린다

기다리던 새벽, 해마저 가려
눈에 빗물만 함빡 가둔다
흐르는 빗물이 베어진 생채기에 아려 오고
막은 입에선 목멘 낮은 신음소리만 흘러
아프다 말 못하는 고통에 가슴만 친다

일어나지 못하고 내동댕이쳐진
나와 사람들은 희망기도로 해만 기다린다

의심의 가장자리에서 빛나는 희망
어쩌면 가장 가까운 곳에 있음인 것을

필요하다면 쉬어서 갈 일이겠지만
포기는 금물!

비록 늦을지라도 /희망/ 그 말 놓지 말자

가지에 걸린 달에서 온 바람이 참으로 고마웠다.
그 옛날 내 아비도 바람이 몹시 분다고 말씀하셨고
애꿎은 날씨만 나무라던 그 모습이 내게서 보였다.

딸내미

나뭇가지 사이 상심한 달이 걸려 있고
여린 가지가 바람에 흐느낀다
어린 딸아이 얇은 종아리도 떨고 있고
내 가슴은 달빛과 닮아간다

더는 날지 않는 눈 더미엔
갓난아이 등에 업고 길 떠나는
내 아이의 얼굴이 쌓여 있다
달이 걸린 가지 옆에 내 맘도 걸린다

딸내미의 어깨가 들썩이고
울음 섞인 인사말에 차마 얼굴을 외면한 채
맘에도 없는 손짓만 등 뒤로 흔든다
속절없는 추운 바람이 눈 속으로 파고든다

가지에 걸린 달에서 온 바람이 참으로 고마웠다
그 옛날 내 아비도 바람이 몹시 분다고 말씀하셨고
애꿎은 날씨만 나무라던 그 모습이 내게서 보였다.

생명의 序

글썽이고 또 글썽이더니
비틀대던 겨울 사이에 숨 하나 쉬어진다
첫사랑처럼 다가온 너의 목소리
내게로 와 알 수 없는 파장을 만드니
한 언어로 너를 얘기하는 것은 벅차다

나 따뜻한 입김으로 너를 맞이하고
작은 너에게 흔들리는 희망 있어
꼭 작다고 말하는 부끄러운 나야
가난한 노래만 감추어 부르며
눈물 나는 감동을 말하는 것조차 부족하다

아, 어이할꼬 네가 보내는 속삭임에
내 가진 죄를 고백하여 용서를 구하며
위로받는 나 어리석은 자의 바람은 커지고
나 어찌 너로 말미암은 몸달음을 말하리까
겸허로 경건을 말해도 벅차다.

너는 생명이니 나는 너로 인함이다

아 어이할꼬 네가 보내는 속삭임에
내 가진 죄를 고백하여 용서를 구하며
위로받는 나 어리석은 자의 바람은 커지고
나 어찌 너로 말미암은 몸달음을 말하리까
겸허로 경건을 말해도 벅차다

하늘 닮기

하늘이 저리도 높은 날에는
미움 가득한 맘 한 켠 올려 놓습니다
혹시나 하늘에 안기면
넓은 하늘처럼 닮을까 해서요

하늘이 저리도 파란 날에는
서러움에 애타는 심장을 올려 놓습니다
혹시나 깊이를 모르는 하늘에 빠지면
그 맘을 잊을 수 있을까 해서요

하늘에 저리도 조각구름이 많은 날에는
괴로운 가슴에서 나오는 숨을 올려 놓습니다
혹시나 구름 위에 올려 놓으면
바람에 떠밀려가 흩어질까 해서요

내 사랑도 올려 놓아요 하늘과 닮았을까 해서요

하늘이 하늘에 말합니다.
불안해 말라고
어떤 것은 빨리 어떤 것은 늦어져도
어떤 한 지점에선 닿는 날이 올 거라고

사랑이 사랑에 말합니다.
상황 상황에 웃으라고
그 기억들을 잊지 않음이 소중한 사랑이라고

방향을 잃다

끝이 보이지 않는 하늘 모퉁이로
내 아침을 흘려 보냈다

한 발 한 발 흔들리는 발걸음엔
고달프게 흐느적거리는 정오의 어지럼 뿐
산다는 것이 외로움과 슬픔에게 눌려
나아갈 방향을 가늠할 수가 없다

애달픈 아침은
난도질당한 밤이 누울 때까지
이제는 그만 놓아 주어야 할 간절함
할 수만 있다면 내일 아침에 기대어
하늘까지 닿아 돌아오고 싶지 않다

내게서 자꾸만 멀어지는 방향으로
옷깃 여민 그 숨소리만 서성거리고 있다

방향은 점점 나를 잃어가고 있다

아침에 본 방향 잃은 바람개비.
어쩐지 낯설지 않은 모습으로 내려앉는다
계절의 흔들림에 가슴은 제 빛을 잃어가고
몹시도 그립다 무엇인지 모를.

그래도 나를 태우고 갈 열차는
달려오는 중일 거라 믿어 본다.

거리(距離)

너와 나 사이의 거리는
빗금의 두께
비와 비 사이의 거리는
너와 나 사이의 무엇
잊음과 잊힘 사이의 거리는
내 안의 나를 잊는 체념
그리움과 보고픔 사이의 거리는
집착의 상념

침묵의 비가 내린다

거리를 쉽게 말해선 안 된다
절망과 희망 사이의 거리를

흔들리는 눈빛 보며 한 마디
절망인지 희망인지 모를 비.가.내.린.다

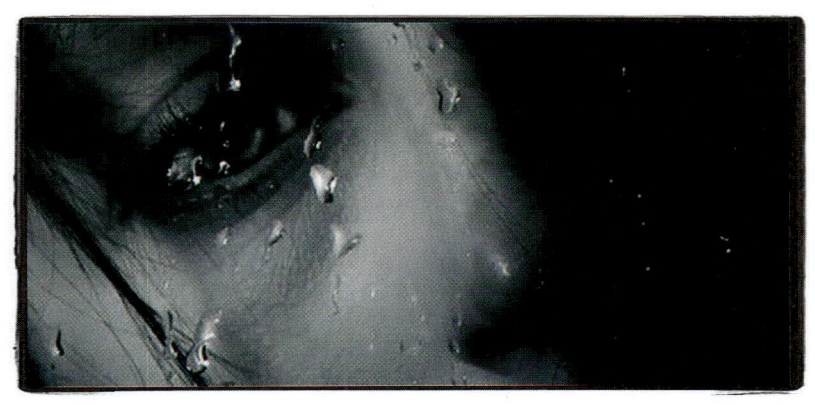

이렇게 귀기울이면 간절한
그대 숨소리를 들을 수 있는데
정말로 가까운 거리인데

무작정 달려갈 수 없는
가깝고도 먼 /거/리/

어느덧 새벽은 하루를 동반하네요.
뜨겁던 낮 동안 쉬 지쳐가던 몸뚱일 이끌고
애타게 떨고 있는 꽃잎을 만나러 갔죠.

꽃잎 사이로 살짝살짝 보이는 하늘빛이
그만 바다로 보이지 않겠어요.
그 순수의 하늘이 땅방울들을 닦아 주었죠.

아, 저 꽃잎처럼 순수를 동경하며 살고 싶어요.

꽃잎

흔들고 흔들리는 외로움에
밤새 언덕에 서서 울고 또 울어
온몸이 붉게 물들어 버린
새벽을 기다리는 꽃잎 하나

아침이 열어준 하늘 귀퉁이에
사알짝 걸어 놓은 제 몸
애타게 쪽빛을 닮고 싶어
잎새를 갈라 하늘빛을 받아낸다

어느덧 쪽빛 결이 새겨졌으니
그저 바람이 이끄는 대로
그렇게 사는 대로 살다가
내일 하늘이 꺾어도 괜찮다

살아내기

살이 마르고 피가 닳아
빛바래고 낡아질 나
내 숨은 이미 네 숨을 역류시켜
벌써 한숨은 무릎을 꿇어간다

내 설움은 네 것이고
미운 눈물은 너로 살았으니
의미 없는 삶을 준 나는
너로 살아 엎드린다

미워함보다 사랑함이
훨씬 크고 높지 않으랴
함께 부둥킬 우리 운명
희망은 서로를 살아야 한다

아직은 연민 있어
우린 눈물 나게 살아내야 한다

소나무에 핀 분홍 장미를 보셨나요.
물론, 바람에 날린 장미꽃잎이 솔잎에 끼었답니다.
그냥 지나치려다 문득 서로 살아가는
아름다운 모습에서 사랑들을 생각합니다.

사람들 사이에서 또는 가족 간에도 서로 의견이
엇갈리거나 이해가 부족해서 생기는 미움들
한 발 물러나 보면, 아니 상대방의 입장에 서면
함께 사랑을 노래할 텐데… 반성합니다.

迷路

빛 가려진 여린 하늘은 빗물을 뿌리고
바람 소리조차 애통이 만나는 길목에서
복받치는 오열은 현기증과 섞였다

가야만, 가야만 할 길인데
솟구쳐 오른 통곡은 이미 메마른 눈물
미로 속 몸부림은 정지돼야 하는데

사랑한 이의 주검을 보기 전엔
아직 슬픔과 포개져 뒹굴기 전에
찢긴 가슴 새로 난 길을 가야 한다

천만 번 쳐 피멍든 가슴 부여잡고라도
사랑했던 이에게 가야 한다
어서 가야 한다

바람이 세차게 부네요. 빗물도 그 바람 따라
바다에 뒹굴고요. 우울함이 묻은 오늘입니다

흩뿌리는 나뭇잎 새로 달팽이 한 마리가 길을
잃은 듯했어요. 한참을 빙빙 돌더니 제자리.
불현듯 그 친구는 무엇 때문에 저리 방향을
잡지 못할까 생각하다 근처 말라붙은 달팽이
하나를 보게 되네요. 그렇기야 하겠습니까만.

죽음보다 더 슬픈 것은 없겠지요
사랑하는 사람을 더 꼭 안아줘야 할 오늘이네요

내리는 빗속에서 그대란 글자를 썼어요.

그 글자 속엔 그리움이 묻어 있었지요.

가슴 속 심장은 여태 우는 소리를 내고 있어요.

휴일의 비 내리는 풍경은 세월이 눈물 흘리듯

서러운 착각을 연출하네요. 그렇다고 눈물 나게

아릿한 추억도 없는 내가 그립다고 느끼는 건

무엇일까요? 나이 탓, 기후 탓, 그냥?

허공에 그대라 불러봅니다. 상념의 雨期네요.

비가 내리면

그대 유리창에
여전히 빗물이 흐른다면
주체할 수 없는 그리운 내 눈물임을
그대 유리창에
여전히 빗소리가 들린다면
당신 주위를 맴도는 그리운 내 통곡임을

아직도 문밖에서
빗물 흐르는 소리가 들리거든
어쩌지 못하고 서성이는
내 심장의 흐느낌 소리라 여기소서

하늘에서 여전히 비를 뿌리면
당신을 만나기 위해 천 년을 기다린
그리운 내 눈물이라 여기소서

달리

처음에 올려본 하늘은
조금만 높고
조금만 파랑인 줄 알았어요

처음에 본 그대는
조금만 보고 싶고
조금만 그리울 줄 알았지요

세월이 조금 흐른 뒤엔
하늘은 낮고, 빛은 옅어져서
무뎌질 마음인 줄 알았어요

처음 맘과는 달리
명치 끝에서 알 수 없는 그리움이
숨을 뚝 뚝 끊어내고 있어요

저렇게 높아진 하늘에선
사무친 보고픔이 짙푸르게 흘러내리고요

오래 전에 마음이란 작은 화병 안에
사랑 담은 물을 넣어 그대 꽃을 꺾어 꽂았지요.
시간이 흘러 무뎌지고 게을러질 거라 생각했지만
그리움이란 놈이 나도 모르는 사이에
매일같이 물갈이해 주었나 봐요.
나도 모르게 그 꽃을 지키고 있더군요.

처음 그대의 그대를 담은 가슴처럼
퇴색하지 않을 사랑만 지속하길 바래요.

오늘 사랑 꽃에 물갈이해 보는 건 어떤가요?

빈 껍데기만 던져주고 사랑이라 말했다
나를 잃어가고
허구는 사실처럼 여겨지는 착각.

사랑의 가치를 찾으러 그대 생각 속으로 간다.
난.

미타찰

세상 밖으로 나가려는 새벽
견딜 수 없을 만큼
분분히 솟아오르는 미혹
그대를 갖고 싶다

헤맬 것을 알지만
그리하여 아주 찾지 못할 수도 있음에
이리도 애달프게
안갯속으로 들어간다.

내 그대를 연모하고 있음을
참 늦게도 깨달았다

내 진정 그대를 갖고 싶다

햇살

동쪽으로 난 창이었습니다
당신이 살며시 넘어왔답니다
보드레한 그 입술에 떨리는 가슴
그 향길 차마 볼 수 없어
눈 감고 있었답니다

당신은 제가 모르는 듯 오십니다
그 뜨거운 당신 손길에
온몸이 경련으로 휘돌지만
혹시 눈치 챌까
꼼짝하지 않았습니다

당신은 오서서 싹을, 꽃을 주시고
때론 낙엽도 만드셨습니다
오늘은 바람을 가져 오셨습니다
외줄기 바람에 몸을 실어봅니다만
행복한 눈물이 가만히 볼을 타 내려옵니다

전 그 바람을 타고 당신에게 갑니다
비 내린 후 더 가까이 다가선 당신의 미소
찬란한 보석을 뿌린 듯한 그 애틋함에
잡고 싶지만 사랑할 때를 알고 떠나시는

당신을 더는 붙잡진 못합니다

당신이 살며시 남겨준 그리움
그 그리움이 눈물 되어 점점이 멀어지지만
그대를 더 이상 잡지 못합니다
내일이면 또 오실 님이지만
가만히 그리운 맘 속에만 넣어둡니다

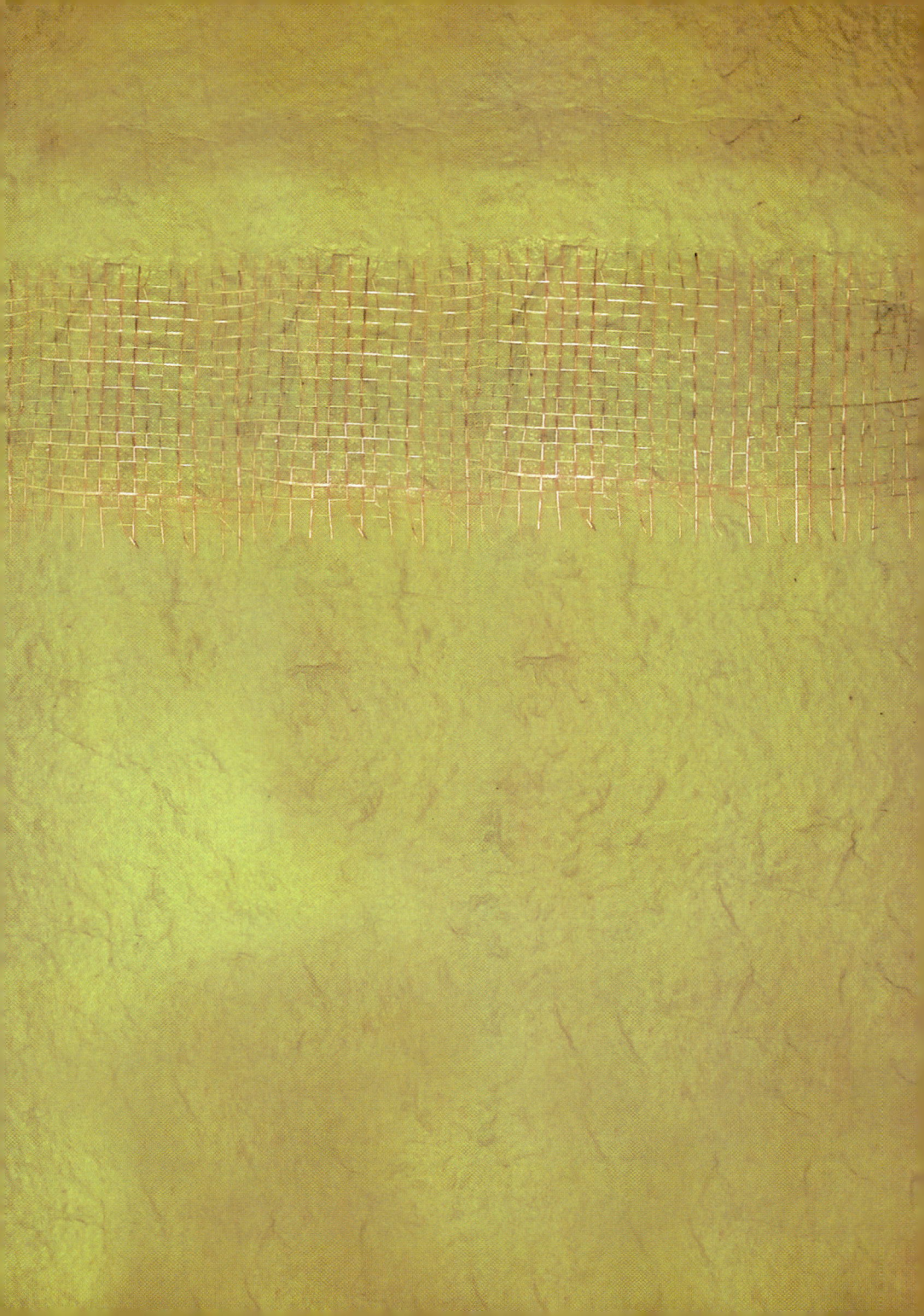

2

홀로 된다는 것

서로 사랑하라 말해도 각자에게 던진
돌팔매의 서러움이 번져 나올 때
소박한 거룩함의 빛으로 날개가 돋으리라

그 후로 오랫동안 서러움에
어깨 들썩이며 홀로 되더라도
그 해 겨울이 마지막 남은 정직의 길이었기를.

밤이 깊어 간다.
이 밤 달빛에 서 보니 왜 이리 허망한지
먼 길을 돌아온 듯 힘 없는 몸짓만.

문득 여행을 떠나고 싶다는 충동이 마구 인다.

白夜

밤이 나를 덮고 있고
불빛 하나 없는 하얀 밤에
내 숨이 빛을 찾아 방을 떠돈다

고독은 곧잘 흐느끼고
그 소리 듣기를 반복하는 멍든 밤
나의 시간은 벼랑 끝에 서 있다

시간의 사체가 무참히 뒹군
그렇게 처절한 밤은 가고 있지만
시간은 자꾸만 낡아지고 있다

일렁이는 미명이 켜진다
문득 여행 가방을 꺼내 들어
하얀 밤을 집어넣었다

가자.

아, 사랑아

봄이 봄을 불러
꽃과 꽃 사이에 새로 핀 마음 하나
사랑이 바람처럼 지나며 만든 자국 안엔
도돌이표 무늬가 피어났다

마음이 마음을 안아
몸속에 퍼져 있던 상처를
타는 가슴으로 스며든 연모에
더는 아프지 말라 안겨 버렸다

사랑이 사랑을 불 질러
맘과 맘 사이에서 간절한 별 하나 뜨고
맞닿은 입술 사이에서 새어나온 숨소리에
떨리는 쉼표가 지워졌다

내 맘은 떼를 지어 하늘만큼 높이 날고 있다

예술지를 가지러 잠깐 들른 예총 사무실
K 과장이 손에 쥐어준 직접 만든 과자.

봄은 감사로 변한다. 먹지도 못하고.

누구나 슬프도록 아름답던 혹은 잊고 싶은
기억들을 간직하리라.
옛 수첩에서 우연히 떨어진 20년쯤 된
기억들을 가만히 살펴봅니다

젊은 나이에 사세 확장한다. 수많은 밤을
지새우며 연구를 하고 토론을 하고...
질풍노도가 저 때를 일컬음을 이제야 깨닫지만
여전히 시간은 흘러
잊지 못할 젊은 날의 초상이 되어 나타났네요.

아차, 조 사진은 대학 엠티 장소로 유명한
대성리의 펜션에서 마케팅팀과 토론 후 한 컷.
젊은 날의 저는 파란 점퍼차림에 안경을 끼고 있답니다.

다시 한 번 운동화 끈을 꽉 조여야겠네요.

추억 한 장

황량히 발가벗겨 펼쳐진 그때가
그쯤에서 그렇게들 살고 있었지
사람 사이에서 피었던 추억들은 지고
지금 피어 있는 고마운 시간은
또 어디를 보며 애잔히 서 있을까?

추락할 아름다운 추억 한 장은
서성이던 바람 위에 실려
내 마음에 앉았다가
하루의 기억을 하루가 지워 가듯
달빛이 들어온 쪽문으로 살며시 사라진다

돌아보니 빈 자리 하나가 덩그러니 놓여 있다
새로운 추억을 위한 여백일 것이다
내 맘에 앉을

침묵

화염의 충동은 거리를 밀치고
정지된 독백 사이에서
바람은 애써 나를 외면한다

두 손은 침묵을 받쳐 들고
끝날 것 같지 않은 하루는
상한 영혼의 지배에 머릴 숙인다

얼마간의 침묵이었는지
헤아리지 못하는 내 기억의 한계는
어쩌면 축복해야 할 일이다

깨뜨릴 침묵이 더디 간다만
이 여름만
이 여름만 지나면

온전히 이 여름만 지나면 될 일이다

세상이 덥다
내 침묵도 덥다
참 간사한 죄 끓어 넘쳐 토해내라

몹쓸 병

사랑하지 마라 두려워진다
사랑하지 마라 힘들어진다
사랑하지 마라 그리워진다

몇 날을 사랑하지 마라
스스로 가두어 놓고
울어대는 매미의 몹쓸 병

사랑이 엄청 허기졌나 보다
사랑, 그냥 해 보면 알 일을

별빛 아래 귀뚜리 숨소리가 커진다

사랑은 참으로 초현실주의다.
실현키 어려운 것들이 한꺼번에 밀어닥치는
기막힌 현실의 연속성
나조차 믿을 수 없는 꿈 같은 기적

매미가 조용하다. 무슨 일이 일어난 걸까?
귀뚜리는 또 왜?

온종일 비가 내려요.
아주 예전에 미장이셨던 아버지가 손수 지으신
집을 이제는 제가 짓고 있어요. 개축(리모델링).

배고팠던 그때를 잊어가지만
저리도 아버지 모습은 남아있으니.

눈물 나게 아버지가 보고 싶은 날입니다.
이 비가 그쳤으면...

아버지

비가 내린 날
시멘트 독이 팔뚝으로 번지고
벅벅 긁는 곳마다
삶의 피가 터질 듯 불거져
아버지 온몸은 그렇게 시들어갔다

비가 올 듯한데
공사현장 일 나가시는
아버지 등 뒤엔
이미 비가 고여 있었다

갑자기 비는 내리고
쌀독은 비어 있고
이 비가 그쳐야 하는데

탁배기에 취한 노래가 타박타박
그 옛날 비를 맞으며 저쪽에서 그렇게 오셨다

비루한 밤

한 치의 망설임도 없이
조각조각 내뱉는 너의 입술이 열릴 때
별이 저리도 아름다운 밤인데
나를 가장 비루한 사람으로 만든다

네가 뱉어낸
자음과 모음으로 만든 언어의 칼날에
아무도 베어지지 않지만
이상하게도 나는 죽어간다

네가 내게 던진 언어들이
가슴에 닿자 피고름들이 심하게 흐른다

향기나는 바람이 자꾸만 나를 뱉어낸다

혜민 스님을 만났어요.
그토록 좁던 안성시민회관이 넓어졌어요.
500석에 족히 1,000여 명은 될 것 같은 사람들.
난 그 속에서 죽어가요.
내 가진 욕심과 병든 생각들...
천 년쯤 지나면 스스로 깨달을 수 있을까요.

안성시문학회 시인들과 조촐한 시간을 가졌어요
뜻밖의 초대에 오르막 같은 만남의 기쁨을
애써 감추고 싶지 않았어요

무소유를 주창하신 법정 스님 말씀에
무소유란 아무것도 갖지 않는다는 것이 아니라
불필요한 것을 갖지 않는다는 뜻이다.
우리가 선택한 맑은 가난은 부보다 훨씬
값지고 고귀한 것이다 란 말이 있다

각설하고 무소유를 말하는 그에 반해
이분들과 소유하는 만남이 지속되길 바라본다

虛像

허수에미들의
동공은 보랏빛으로 물들고
허수아비들의 헛한 자궁 속에선
잉태의 신열이 젖가슴으로 뭉쳐
끈적한 생각의 몸살로 뒤척인다

허수아비의 산도가 열릴 때쯤
시인들은 주문을 왼다
교차로를, 석류꽃을 그리고 미련을
허상이 신음을 높게 내니 배꼽이 열려
읽히는 주문이 시라는 언어로 꽃핀다

초록 양수를 닦아내는 허수에미들의 입가엔
서늘한 미련을 감춘 미소가 감돈다

아, 잉태를 만난 시간은 너무도 짧았다

그대와 만나는 날엔

그대와 만나는 날엔
온몸에 걸쳤던
거추장스런 거짓과 허욕은
남김없이 버리고
심장 위에 꽃잎 하나 달고 만나겠소

그대와 만나는 날엔
애잔한 그리움은 쏟아버려
가벼워진 빈 가슴 만들고
불타는 연모를 담을 수 있는
비워진 맘 가지고 만나도록 하겠소

아, 그대와 만나는 날엔 온종일
그대의 숨 받은 꽃으로 피어 흔들리겠소

사랑과 사랑이 만날 땐 그 만남을 통해 특별한
무엇이 되길 원하는 듯해요
개인적인 만남, 업무적인 만남 등 여러 만남
그 속에서 서로 배려하는 예쁜 모습들이
종종 눈에 띄곤 해요
우리가 만나는 이 공간 속에서도
미움, 우정, 사랑과 연민들이 존재하듯이요

오늘 천사의나팔꽃을 우연히 만났어요
덧없는 사랑이란 꽃말을 가진 그 꽃은
어떤 만남에도 행복의 나팔을 불어 줄 수 있는
만남이었으면 좋겠어요 하고 말하는 듯했어요
덧없는 사랑을 나누더라도요

붉게 혼자 물들어
침묵을 껴입는 이별.

가을은 문득 거리를 방황한다
전화기는 꼭 쥐어주어야지

너무 멀리 가도 전화는 받을 테니.

진혼제

그만한 눈물로
그만한 숨으로
밤 그늘이 지워질까만
어린 이파리들이
도도히 두드린 문을 열고 나갈 땐
거리가 비틀거려도
바람이 자꾸만 뛰어내려도
그 밤엔 우러를 별 하나만 점찍어 놓자

그리고 말쑥한 검은 정장을 하자

담쟁이

불면이 지나간 자리마다
먼데 소식 올까
하나둘 오르던 슬픈 손바닥

해지고 달빛 번진 창가에선
님 볼 수 없는 서러움에
상심한 뒤꼍 풀 그림자 따라서
흔들리는 바람에 울고

보고픔이 커지면
내 아픔도 하늘만큼 높은 것을
님 소식은 아직도 멀기만 한데
높이만 오른다고 보이겠느냐

이젠 그만 내려오너라 저리서 오고 있을 테니

봄 내내 노란 즐거움을 주던 금계국이
까만 씨앗만 남기고 서서히 스러집니다.
참으로 대견해 보였습니다.

또 다른 봄을 알리려 산고의 고통을 겪고
남겨 준 그 분신들이 희망을 품어 오겠죠.

일 년의 반이 지났습니다.
아니 아직 반이나 남았더군요.
희망의 씨앗 하나 만들어 가는 게
어렵긴 하겠지만 온 힘을 다해 보자 말해 봅니다.

씨앗의 외침

허파는 조여져 반 숨으로 쉬어지고
몸뚱이는 썩어갈 테지만
겨울 삭풍과 눈보라 속에서도
제일 먼저 봄을 알려야 하기에
나는 죽지 않습니다

바람에 흩어지고
빗물에 씻겨 가더라도
늘 마지막처럼
그렇게 몸부림쳐서라도
나는 살아내야 합니다

나를 낳은 봄이 저기서 손짓하니
나는 살아야 합니다

이 세상 홀로 와서
혼자 가는 것이 인생일진대
사람은 왜 혼자이지 못하고
사람과 사람에게 부대끼며
그렇게 살아가야 하나

한여름 밤의 꿈이 깊어만 간다.

한여름 밤의 꿈

내 손이 네 손을 심장에 이끌 무렵
파르르 떨고 있는 당신의 속눈썹이
내 심장을 거칠게 호흡한다

눈물 날 만큼 아름다운 당신의 입술이
사랑을 말하고 내 눈빛이 내려질 때
이미 포개진 심장과 심장은 침묵을 만든다

감히 당신을 부르지 못하고
어둠에서 서성거렸던 나
꿈이라도 좋으련
가장 가까이서 당신 심장 소리를 느낄 수 있으니
얼핏 이라도

나는 다시 잠을 청한다, 꿈을 꾸기 위해

홀로 된다는 것

하얀 별 낮게 날아 나에게 다가왔다
그 별이 많이 아프다
아픈 별은 빈틈없이 겨울을 만들고 있다

도저히 내 것일 수 없을 것 같은 거짓
속죄로 하얗게 만들어진 길 위로
용서의 하늘을 만들어 놓는다

함께 걸을 수 있음이 행복이라면
무언가 기다림을 배워가는 것조차
은빛으로 나뉜 하늘길과 눈길이면 족하다

사랑한다는 이유만으로
눈 먼 당신에게 내 눈빛만을 강요하던
이미 내 모습은 얼음 속에 갇힌 당신의 진실

시간이 끝나간다
지치고 핏기 없는 초췌한 머리와 퀭한 눈
시간이 준 기회의 그 길이 끝나고 있다

축복이든 절망이든 홀로 된 길 위에서
굴러 또 굴러 내동댕이쳐진 몸뚱어리도

낮은 울림으로만 소리치리라

서로 사랑하라 말해도 각자에게 던진
돌팔매의 서러움이 번져 나올 때
소박한 거룩함의 빛으로 날개가 돋으리라

그 후로 오랫동안 서러움에
어깨 들썩이며 홀로 되더라도
그 해 겨울이 마지막 남은 정직의 길이었기를.

3

거울 속 사랑

당신의 슬픔이 내 눈물에서
헤어날 수조차 없어
당신 안에 숨은 내가
가슴치다 가슴치다 통곡하는

사.랑.

외줄기 밤

외줄기 밤이 흔들릴 때
그대가 피어오르면 될 일인데
이렇게 입술을 깨물고 서 있는 난

아득해진 내 가슴은 무엇인가
그대의 몸속으로 별 하나 떨어졌음인데
이렇게 숨쉬기조차 힘든 설레임

말 한 번 건네 보지 못한 나에게
달빛은 자꾸 나를 자극하며
내 속에선 여전히 그대가 흔들리고

점점 숨이 거칠어지는 외줄기 밤

외로움의 본질은 사랑 속에 존재한 사랑이리라
가을 달빛은 그리고 별빛은 상념을 이끌고,
사랑스러움이 사랑을 받듯 내 연민의 가을은
사랑스러워야 한다.

자기愛에 빠져볼 일이다.

엄니가 하신 말씀이 서성거린다
소각금지란 문구를 안다는 걸까?
혹은 가난한 아들 맘을 안다는 걸까?

정처없는 밤이 유기되려 한다.

소각금지

시꺼먼 연기가 피어오르고
내 급한 걸음은 연기를 밟고 서 있다

길옆 소각금지란 경고문이
연기에 질려 인상을 찌푸리지만
까막눈 엄니가 무엇을 읽을까
함부로 소각하는 건 위법이란 문구를

타들어 가는 것을 물끄러미 내려보니
세금고지서, 그리고 대출금 미납 안내문 등
다 타 없어져 현실이면 좋으련
엄니께 전하려던 말이 목구멍에 걸린다

얼추 다 타 꺼져 갈 때쯤 어머니 曰
나도 다 알아 아들

거울 속 사랑

내 가슴의 왼편이
당신 가슴의 오른편을 향해
던지다 던지다 못 다 던진
숨 잃은 내 사랑

당신에 스민 내 고독을
한평생 당신 가슴에서
버리다 버리다 못 다 버린
비틀거리던 사랑

당신의 슬픔이 내 눈물에서
헤어날 수조차 없어
당신 안에 숨은 내가
가슴치다 가슴치다 통곡하는

사.랑.

거울 속을 들여다봅니다
투영되어 나오는 누더기 입은 모습 하나.
덕지덕지 붙은 삶 속 탐욕 누더기를 입은 모습
깜짝 놀라 거울 속을 뛰쳐나오고 싶었습니다만
내 모습인 걸. 自己愛에 빠질 밖에.

다 벗고 여름 볕에 태우고 싶습니다.

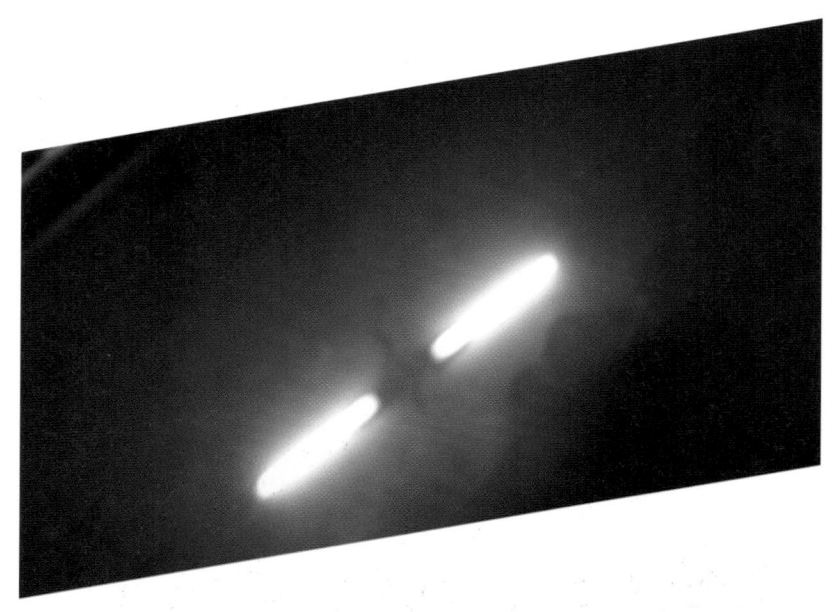

꿈을 잃을까 겁먹는다
아니 꿈을 버릴까 겁이 난다
하지만 꿈 있어 숨 쉬지 않는가

꿈을 위해 위험을 감내하자
약해진 중년을 잠시 비웃어 주자.

우울한 퇴폐

온몸의 수분이 출렁대는 밤
육신의 전율은 통곡처럼 아프다

껌벅이는 눈빛으로 잡아먹을 듯
가슴에 불지르는 매끈한 형광등
입술로, 어깨로, 오글거리는 발가락 사이로
거친 숨을 몰아쉬는 바람처럼 훑고 지나간다
……

자판이 떨리는지 손가락이 떨리는지 더디게
―오지 마라. 마음 따로,
오지 마라. 몸 따로― 쓴다
그 옆 '갱년기'란 글자.

아, 흔들리는 그 글자 무척 우울한 퇴폐다.

칠월과 팔월 사이

하늘이 하늘을 안아 만든 구름 위에
진초록 칠월의 이야길 얹어 보내고
바람은 팔월의 야릇한 눈빛을 싣고
쪽빛 몸짓으로 사브작 걸어온다

고독했던 달빛은 바다를 향하고
팔월은 하얀 모래 위 어디쯤
칠월을 눕혀 구애하니
칠월과 팔월 사이 여우비가 부끄럽다

몸부림치던 간밤의 이야기를
포말로 밀리는 파도에 띄워 보내니
내 고백 흘려 들은 그대는
거친 숨소리를 하늘빛에 빠뜨린다

어허, 칠월이 흐드러진 팔월에 물들고 있다

그 당시 가슴으로 간직하던 그의 실체
눈으로 담아놓은 생생한 그 감동들.
언어의 수식이 필요할까? 파도의 외침들을
그냥 눈으로 감동하고 가슴 떨림이면 될 것을

무작정 떠나시라, 팔월에 물들려면.

우리가 숨 막히게 기다리는 희망.
가슴 터질 듯한 그대처럼 앞에 서 주었으면

아프게 아프게 견뎌내야 한다 해도
기다려야 합니다. 참고 또 참고서라도

그날이 오고 있습니다.

기다림

흘러 오겠지. 기다려 본다만
만남이란 것이 두어 걸음 앞
기다림을 기다렸음일 테고

바람이 지나는 저쪽엔
보고픔이 두어 줄 뒤에 서서
설렘처럼 기다렸음일 것이다

그대가 오고 있을까
여태껏 당신을 살고 있는 맘 하나
기억 저편 지친 옷을 벗기고 있다

더디 오더라도
수줍은 심장이 기다려 주었으면

붉은 수수밭

그리움으로 시작한 하루는 저물어 가고
덜 채운 내 보고픔이
닿고 싶어 닿으려 기울여 보지만
늑골에 걸린 숨처럼 부서진다

달그림자에 내 눈빛은 서러워지고
다 자란 내 심장의 떨림이
당신의 가슴으로 전해지길 원하지만
애꿎은 바람이 상심의 비를 가져왔다

비 그은 신 새벽 가슴에
호수 같은 물안개 피어오르고
덜컹거리는 몸부림으로 밀어를 나눴던
붉은 수수밭 어디쯤 햇살이 내린다

밤새 서 있는 내 맘 보이겠지.

"언제부터인가 내 심장은, 여기에 없고
늘 그곳에서 숨 쉬고 있어."

사랑 하나만으로도 가슴 뛰게 하는 너.

바람처럼 휑하니 빠져 나가는 세월은
듬성듬성 생겨난 우리 모두의 섬으로 간다.

아비를 따라가는 발걸음이 비슷해진 것은
아비의 18번을 흥얼거릴 나이가 된 것일 게다.

20대 앳된 아비 사진을 보고 있으려니 명치가...

섬

왕대풋집 한잔 술을
집으로 데리고 오신 날
18번 노래가 끝날 즈음
곧 앉은 고개가 떨어지고
코 고는 소리는 바람이 된다.
바람이 둘러싼 외로운 섬.
내 눈에 비친 서러운 섬.

설핏 산등성 사이로
산토끼가 숨소리를 내고
18번 노랫소리가 들리는 날이면
산허리에 덜컥 앉은 외로운 섬으로
한달음 쫓아 두리번거린다
숨이 켜 있었던 날도
그리고 숨이 꺼진 날에도
그리도 고독했던 그 섬

여전히 18번 바람만 흥얼거린다

희망사항

내가 보는 파란 하늘이
그저 들려오는 새소리가
있는 그대로였음 좋겠어

바람이 부는 대로
이리저리 구름이 지나는 대로
항상 진실이었으면 좋겠어

느껴지는 그대로
그저 믿고 따르기만 하면
정말 좋겠어.

의심할 필요 없는 비가 또 내려도.

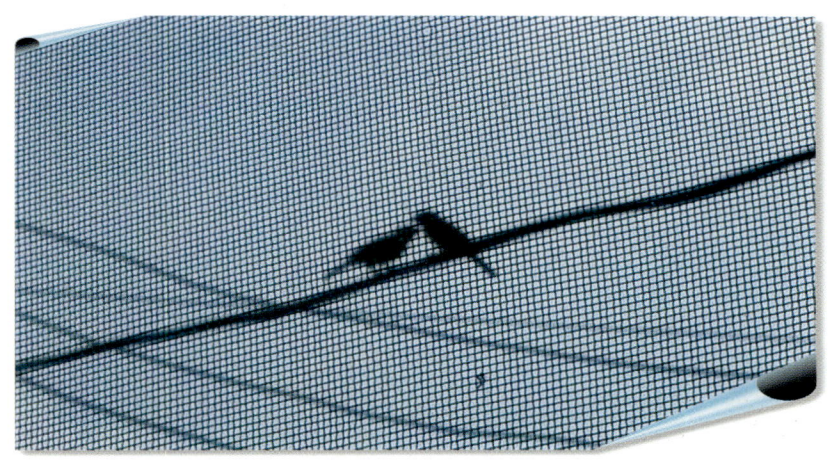

건강한 정신이었으면 좋겠습니다
세상이 험악해도 서로 믿음으로 안을 수 있다면
그래서 사랑만 가득한 온전한 삶이었으면
정말 좋겠습니다

감상적으로 변한 어제 그리고 오늘의 나.
슈퍼스타 K에 나온 나이든 그룹 미스터 P와 K씨의
과거와 현재를 이어가는 가사 말에 울어 버렸다

역시 혼자 감당해야 할 일들이 많다.

울지 마요

길 잃은 빗방울과
서둘러 빛 가린 하늘조차도
모질게 등 돌린다

누군가를 보던 기억들까지
혹은 어떤 이의 하소연마저
혼잣말처럼 눈물로 버려진다

갈라진 마음 틈 사이로 배어 나온
혼자 감당해야 할 몸부림
빗속으로 뛰어들어 흠뻑 젖어 버렸다

울지 마요
누군가의 외침이 귀를 스친다
사방은 이미 어두워졌는데.

두 손 꼭 잡아주며
속삭이는 이가 그대였으면 좋겠다

사랑니

밤은 잿빛으로 변한 안개 속에 숨는다
네온사인 아래 미련스런 공허만 쌓이고
모두들 숨죽이는 몸부림이 아릿하다

그리움은 사랑니 하나를 흔들어 놓고
별빛이 만든 고독은 씹기도 힘들지만
외로움이 씹힐 리 없다

숨 없는 심장이 거친 숨을 토해내고
소모한 사랑은 지나고 나면 아무것도 아닌 걸
치열하게 씹어도 씹히지도 않는
몸부림치는 사랑.

뽑자
아무짝에도 쓸모없는 사랑니 하나

어느 시인은
기다림은 멀고 나의 밤은 채워지지 않는다
단지 제 이름을 불러 스스로를 애무하는
고독한 위로
세상 어느 곳에 네가 존재하기만 해도 나는
쓰러지지 않을 수 있다 라고 말한다

'취향은 은둔을 드러내 놓고 싶어한다.'

무덥게 산을 오르다
뒹구는 잎새 하나가 땅을 닦아 준다
또 다시 간사해질 마음이 부풀고 있고

마냥 두렵게 가을을 나눠본다
오늘 내게 미리 붙은 가을 抒情을
내일 또 여름이 닥칠지라도

호명당할 이름 앞에서

별 없던 어둠 속에서 다그치던 비바람이
목이 잠기도록 나를 깨우던 밤
지레 지친 한 잎이 무심하게
팽팽한 수액을 토해낸 흔적만 남긴 채
숨도 쉬어지지 않는 가을 앞에서
멈춰진 세상의 별이 되어
무참하게 짓밟힐 노랠 준비한다

간절함들은 무작정 낙하한다
무턱대고 죽어갈 것들과
별빛과 달빛의 수작은 어쩌랴
무작정 보고 싶은 사람들이 추락할 텐데
처연한 가을날을 어찌 버틸 수 있을까
이유도 모른 채 아픈 걸 보니
스치는 갈바람에 연유를 물어볼 일이다

호명당할 이름들이 무참히 기록되고 있다

박나물

무엇도 아닌데
무엇도 아닌 어떤 것도 아닌
찡한 눈물인 듯 혹은 이야긴 듯한
어머니 가슴 한 편이 애처롭게 손을 흔든다

진한 햇빛을 마주한 채
빨랫줄 위 온통 어머니가 널려 있다
아무것도 아닌 무엇도 아닌 박나물에
어머닌지 여인인지 모를 얼굴이 걸려 있다

달빛에 흔들릴 박꽃은 어머니를 닮았을 게다

난 페미니스트(feminist)는 아니다
그런데 아무리 생각해도 여인은 위대하다
아니 어머니는 위대하고 위대하도다

온통 내 글감의 원천이자 시집인 어머니
그 신비롭고 고귀한 어머니 맘과 손에 입 맞춘다

애기배는 똥배 엄마손은 약손

어머니 손이 아프고
어머니 말씀도 아프게 들려 왔다

번개 치고 천둥소리 요란할 때마다
내 머리는 요란해졌고
먹던 음식도 부풀고
내 배도 부풀어 올랐다

자고 일어나면 괜찮을 거야
에미손은 약손이니 언능 자라
하시던 말씀에 참으로 신기하지
자고 일어나면 멀쩡해졌다

애기배는 똥배 에미손은 약손
건너편 야트막한 담 아래
어느 여인의 소리가 구성지게 흐른다

노랠 듣다 생각하니 내 배는 어미 배고
내 머릿속은 어미 맘이었던 것이었다
지금 어머니 손은 시리고 내 귀엔 눈물이 찬다

한참을 지난 후 영안실 형광등 아래

어미 눈은 감겨 있고 어미 손은 차가워져 있다
내 손이 어미 배를 향하고
내가 그녀의 귓가에 마지막 노랠 들려준다

애기배는 똥배 엄마손은 약손

4

작은 깨달음

다 주었고, 모두 주었다 생각했습니다
무엇을 또 달라 하면
내가 비워낸 가슴에 또 무엇이 채워져
주리라 허세를 부렸습니다만
곰곰이 생각해 보니
어머니가 준 것에 비할 수가 없었습니다

잿빛으로 바래가는 심약한 가슴
뻔뻔하게 제 것인 양 그리움을 빼앗아
스스로 작금을 섫게 어무르도록 한 죄.

그래도 가슴에 남은 맘을 추스르기 전
독해지자 이 말만 머리로 되뇐다
며칠이나 갈까만.

쪽달

대기번호 공구이칠
내 그리움이 떠날 사시간 후
다 타 버린 내 몸은
달빛 닿은 외줄 위에 올려진
설운 詩로 읽히리라

꿈꾸는 네 밤의 춤사위가
오열 섞인 너의 잔상마저 흩트려
힘겹게 보내야 할 내 몫은
외줄에 매달린 핏빛 이슬
고독이 방울방울 스산하게 떨어지면
가거라 그리움아 이제 가거라

네 행복을 바랄 뿐 불행을 원할까만
쪽달 타고 섧게 가거들랑
독하게 돌아오지 말려무나 아주 독하게

간절한 소망

그대에게 내어준 내 숨은
아침마다 신음 담긴 이슬로 엉글고
내 가슴앓이는 바닥으로 떨어져
글썽이는 가루가 된다

하늘을 시리게 받아내는 꽃 이파리
님 싣고 구름 올까 기다리다 고갤 떨구니
한 줄기 바람은 물끄러미 꽃송이에 앉아
아리게 떨고 있는 내 눈물을 흔들어댄다

조각난 심장을 애써 기워 보지만
가슴에 못 박힌 그리움이 아른거려
베어진 온몸에서 선홍의 보고픔이 터져
분홍의 기다림만 남았다

별빛 아래 간절한 소망은 허무하게 숨을 쉰다

내가 안 보이는가
언제나 옆에서 지키는 내가
스치는 바람인 듯 몰라보는 너
오늘도 난 이렇게 네 주변을 맴돌고 있는데

상사화는 여전히 만나지 못할 잎을 기다리고.

공존

현관문 손잡이를 찾다가
맘이 더 시들기 전에
가을처럼 주저앉는 상심을
바깥문 끝에 매달아 놓았다

한 번 더 긴 숨을 내뱉곤
조용한 눈을 늘어뜨려
비틀어진 가슴 언저리를
소리 나게 툴툴 털어냈다

멈칫거리는 문이 힘없이 닫히고
익숙한 냄새가 달려왔다

현실은 가벼워지고 싶다
날개 달은 생명체는 무게도 없지 싶다
내 사랑도 높이가 없다
날자. 날아 보자꾸나.

여긴 벼랑 위다

밤마다 그리고 낮 동안도
겨드랑이 사이에서 날개가 자라는
꿈을 꾸었다

푸른 새벽 그리고 황토빛 노을이
그리움을 드리운 저녁 동안도
꿈속에서 여전히 날개는 자랐다

흔들리는 달빛 아래에서
무한히 자란 날개를 두 팔로 잡고
애처로운 벼랑 위로 올라간다

꿈이 아니면 도저히 이룰 수 없는 현실
시간을 벗어 던지고
드디어 감싸 안은 날개를 펼친다

시퍼런 파도가 일렁이는 바다가 보이고
서글픈 사랑이 흐리게 지나갈 때쯤
애타는 높이는 곧 무게를 벗을 것이다

여긴 벼랑 위다

착각

당신을 사랑해요
라고 말하며
난 그대의 눈동자에 빠져 있는
나를 바라보았다

온통 검게만 보이는 내 모습
멀리도 떨어져 있다

혹시
나를 위해
그대를 사랑했던 건 아닐까

내 눈 속엔 여전히 그대가 서 있는데

그저 거기 그대 있는 것으로
달리는 내 이마를 부딪는 땀방울과
내 눈썹을 흠뻑 적신 눈물은
사랑입니다

그저 거기 당신 있는 것으로.

애타게 뿌려지는 팔월 햇살이 눈송이였으면

늦은 밤 헤매는 내 꼴이란
무엇을 해야 할지 갈피를 못 잡는다.
하얀 밤이 곁에 세지겠다.

늘어나는 작업들. 말이 하고 싶다.
불현듯 보고 싶다고.

深淵

달이 구름에 가려졌다고
치열하게 밤을 문지르는 수음
숨 막은 묶음이 달빛 위로 솟구치면
아주 벌겋게
알싸한 밤공기의 능선을 치켜세운다.

심장처럼 뛰고 있는 저 별을 보라
저렇듯 곳곳에서 입 막고 있지 않은가

사랑

예전엔 달이
빼꼼히 고갤 내밀어도
흐릿하게 보였습니다
그런 날은
그냥 어둡다고만
생각했습니다

그런데 이젠
보려 하지 않는데
생각하지 않으려는데
그냥 그대로
모른 척 지나치려 해도
참으로 이상합니다

그대 얼굴입니다

예전에 그 달이 그랬습니다
지금은...?

사랑하는 날 되세요.^^

안성 칠장사 지장 스님의 말씀 중
욕심을 버려야 하는데란 말씀을 듣고
늘 그땐 깨달은 듯하다가 하루 지나고
내일이 당도하면 욕심은 또 숨 쉬지 않는가.

번뇌할 밖에.
그냥 피식 웃는다.

백팔 번뇌

사모했던 이여
나는 날마다 그대를 지우고 있습니다.
결마다 이미 구깃구깃 박혀 버린 떨림을
미친 듯이 틈새로 스며들었던
온전한 숨결 그리고 살결들을

사모했던 이여
날선 살얼음 든 찬물 한 바가지 퍼 담아
당신에게 닿았던 입술이 시퍼렇게 변하도록
자리했던 당신 자욱이
주검으로 뚝뚝 떨어져 씻겨 내릴 때까지
장엄하게 퍼붓겠습니다

사모했던 이여
그래도 꺼지지 않는 가슴이라면
독하고 독하게 그리고 격하게
오려내어 다 불태워 재도 남지 않도록
태우고 또 태워 버리겠습니다

설핏 흩어지는 당신 모습이 보여
가슴이 울어대도 절대 눈 맞추지 않겠습니다

작은 깨달음

내가 울어준 슬픔으로
내가 들려준 그리움으로
어디에서는 만남이 이루어지고
어느 곳에선 기쁨이 넘치리라
그리하여 내 맘이 편한 줄 알았습니다

다 주었고, 모두 주었다 생각했습니다
무엇을 또 달라 하면
내가 비워낸 가슴에 또 무엇이 채워져
주리라 허세를 부렸습니다만
곰곰이 생각해 보니
어머니가 준 것에 비할 수가 없었습니다

안타까운 눈물이 뚝뚝 떨어진 곳에서
들꽃들이 빙그레 웃고 있습니다

이제야 깨닫습니다
내 드릴 것 하나 없는 貧者란 것을.
원하신다면
그저 알량한 맘 하나만 드릴 밖에.

서툰 세상

서툰 세상은
그래도 새벽을 열었고
절반을 훨씬 넘긴 하루는
저쪽에서 절뚝거렸다

여기저기 일그러진 저녁은
구부러진 허리의 낮은 신음이
고요를 방해한다

피곤한 하루가 누워
숨 쉴 밤인데
내일이 버거운 헛된 생각은
몸을 뒤척인다

별빛이 높다

버거운 일상이 누울 시간입니다.

세상살이가 저렇게 서툴더라도 다행입니다.
돌아갈 집과
그대를 반갑게 맞이하는 가족들이 있으니.

청춘별곡

엉킨 시간은 여전히 시작을 찾고
고뇌하던 그 모습들은
어쩌면 돌이키기 싫은 과거
허나 남길 수 있을 때 남겨두자

남기는 건 부질없는 것일 수 있으나
물빛에 투영된 젊은 날의 뜨거움
차마 혼자 슬퍼하지 않을 몸짓으로
그 청춘을 꺾어 남겨놓자

이 비 그치면
가만가만 웅크렸던 독백들과
젊은 날의 구슬폈던 눈물들은
그리워질 햇볕에 널어 말리리라

간절함

맑은 꽃잎 내리는 날
한 아이의 꽃빛 비춘 기도는
심장 위 송글한 순수로 영글어
들판에서 달려온 바람으로도 설렌다

흔들린 가슴에 스며든 그 빛은
소용돌이치던 어둠을 닫고
별빛 사랑을 꿈꾸는 아이
똑같은 숨으로 먼 별을 올려본다

아, 심장에 멈춰 선 고운 이름 하나
간.절.함.

백일홍 꽃 수술에 아슬히 9월이 다가섭니다.
더운 날의 바람처럼 아름답게 온 사랑 하나.
어지러움 없이, 거친 숨도 없이.

끝 닿을 곳 없는 맑은 별빛만 내려앉기를.

쉬무라고 말해도 좋으냐.
아니, 쉬무라고 해두자.

계절은 무참하게 뒹굴어 가고
쉬한 맘은 그 위에서 통곡하고.

계절병이 짙어간다.
기운 내자 하면 욕하겠지.

소주 몇 병

여러 날 먼지만 짙어진 우편함 속에
부치지 못할 편지를 구깃구깃 집어넣고
기름 한 통을 부어 버렸다

사선으로 빗겨 켜진 성냥 불꽃이
기름 위에서 눈물처럼 튀어 오른다
도무지 알 수 없는 간절한 향이 퍼지고
그만 잊어야 할 향기라고 혼잣말한다

타다 남은 그리움이 움찔한다
기름 한 방울 더 부어주었다
저항 없는 신음만 들리고
내 가슴은 붉은 재로 허물어진다

그을린 소주 몇 병도 저항하지 않는다

상처

온기는 식어가고
남은 건 처절한 침울
오롯이 젖어가는
내 안엔 빗물처럼 네가 고여 있다

잠깐이지만 아주 잠깐
소나기처럼 네 체온을 품은 것뿐
핏빛처럼 붉게 나를 상처 낸 너
그 기억은 미열에 시달릴 것이다

결국 돌아서는 내 발길만 확인하고
참담한 헛웃음만 부질없다
자꾸만 입안이 쓰다

언제쯤 이 비가 멈출까

앞이 궁금해진다.
많은 사람의 추억이 뒷걸음질치고
내 기억은 용납하지 않는 눈물.

공식은 없겠지만, 고뇌 없는 끝이 쉽게 잡힌다.
잘못함을 이해하지만, 정직은 기본이다.

비우는 일이란 건 참으로 어려운 거겠지.

오후 3시

어울릴 것 같지 않은 오후 3시 하늘
기억은 주춤병에 시들어
서성거린다 거기쯤에서

표정 지워진 그쯤
책상 위에 깔린 종이 거울은
발가벗긴 내 모습만 비추고
갈색의 이파리도 되기 전에
낙하를 재촉하는 창밖 거기쯤
서러운 하늘은 3시 위를 달린다

무서운 속도가 시야를 지우며
수직으로 떨어지는 오후 3시쯤
알 수 없는 곳으로 무작정 달려간다

내 비명은 들리지도 않는다

서정미에의 다양한 새로운 표현미
— 다다이즘적 쉬르리얼리즘의 시세계로서의 김영식의 시

홍 윤 기
문학〈시〉박사(일본센슈대학 국문학과)
국제뇌교육종합대학원대학교 국학과 석좌교수(현)

김영식 시인의 시집 원고뭉치를 받아들고 쉼없이 주욱 읽어내릴 수 있어서 좋았다. 거기서 얻은 수확은 매우 컸다. 김영식의 작품들은 지금까지의 한국현대시가 엮어온 전통 고수적인 안정된 아니 진부한 시작법을 멀찌감치 뛰어넘어 이른바 실험적인 한국적 서정 양식에 대한 새롭고도 대담한 도전의 자세가 여실했다. 그것은 동시에 가장 바람직한 워크샵 크리티즘적인 표현 양식의 설정 작업이었다. 영국의 대시인 T.S. 엘리엇은 "새로운 시대의 시작업은 언제나 작업 현장 비평이라는 워크샵 크리티즘이 되어야 한다"고 강조한 발자취를 연상시키고 있었다. 김영식 시집에서 각기 특출한 표현양식의 작품들만을 골라내어 작품 해설을 펼쳐 보련다. 먼저 잡힌 대로 〈햇살〉을 뽑아 독자들과 함께 다시 읽어 보련다.

동쪽으로 난 창이었습니다
당신이 살며시 넘어왔답니다

보드레한 그 입술에 떨리는 가슴
그 향길 차마 볼 수 없어
눈 감고 있었답니다

당신은 제가 모르는 듯 오십니다
그 뜨거운 당신 손길에
온몸이 경련으로 휘돌지만
혹시 눈치 챌까
꼼짝하지 않았습니다

당신은 오셔서 싹을, 꽃을 주시고
때론 낙엽도 만드셨습니다
오늘은 바람을 가져 오셨습니다
외줄기 바람에 몸을 실어봅니다만
행복한 눈물이 가만히 볼을 타 내려옵니다

전 그 바람을 타고 당신에게 갑니다
비 내린 후 더 가까이 다가선 당신의 미소
찬란한 보석을 뿌린 듯한 그 애틋함에
잡고 싶지만 사랑할 때를 알고 떠나시는
당신을 더는 붙잡진 못합니다

당신이 살며시 남겨준 그리움
그 그리움이 눈물 되어 점점이 멀어지지만
그대를 더 이상 잡지 못합니다

내일이면 또 오실 님이지만
가만히 그리운 맘 속에만 넣어둡니다

– 〈햇살〉 전문

〈햇살〉에 대한 화자의 **빼어난** 메타포가 두드러지는 작품이다. 그 첫
연 "동쪽으로 난 창이었습니다/ 당신이 살며시 넘어왔답니다/ 보드레한
그 입술에 떨리는 가슴/ 그 향길 차마 볼 수 없어/ 눈 감고 있었답니다"
만으로서 시인의 메시지는 공감각적인 기법 구사로서 우선 성공적이었
다. 물론 전편을 통해 더러 시각에 거슬리는 표현도 눈에 띄지만 오히려
손때 묻은 묘사보다는 서툰 것 같은 표현법에서 참신성을 느끼게 한다는
점을 아울러 짚어둔다. 세속적인 말로 '옥에도 티가 있다' 던가. 이어서
〈비 그리고 비나리〉를 살펴 보자.

사선의 빗금은 내가 빚은 열정을
하나 둘 베어내고
밤부터 두런대던 빗물의 아우성은
생각마저 멈춰 버린 머리를 휘돌아
얼어버린 가슴에 헝클어 뿌린다

기다리던 새벽, 해마저 가려
눈에 빗물만 함빡 가둔다
흐르는 빗물이 베어진 생채기에 아려 오고
막은 입에선 목멘 낮은 신음소리만 흘러
아프다 말 못하는 고통에 가슴만 친다

일어나지 못하고 내동댕이쳐진
나와 사람들은 희망기도로 해만 기다린다

– 〈비 그리고 비나리〉 전문

먼저 이 작품 〈비 그리고 비나리〉에서 제재(題材)인 '비나리'는 도대체 무슨 뜻의 낱말인가. 이는 경기도 안성(安城) 출신의 김영식 시인이 고향 땅 안성에 전해 오는 본터전 남사당패놀이 축문에서 따온 말인 것 같다. 남사당패놀이 '성주굿'에서 금전이거나 곡물 등을 제물로써 젯상에 올려놓고 하늘의 신에게 축문을 외던 사람을 '비나리'라고 불렀으며 그 후 행복을 비는 가요 등 가사의 표제어로서 널리 대중문화 속에 전파되어 온다. 김영식이 그의 순수문학상의 새로운 시어(詩語)로서 재창작을 시도한 표현으로 보고 싶다.

어떤 의미로서는 '비가 내리치는 양상' 또는 '삶의 격렬한 아픔 극복'을 동적(動的)으로 나타낸 새로운 조어로 보아도 좋다고 본다. 더구나 이 말은 전혀 눈에 거슬리지 않고 오히려 신선미마저 느끼게 해 준다. 물론 시인은 누구나 시어를 새로이 만들 수 있다. 그러나 그것이 앞으로 과연 한국어 표현미로서 큰 공감대를 형성할 수 있느냐 하는 커다란 과제도 있다는 것은 어김없이 명심할 일이다. 《국어대사전》(이희승) 등에는 이 낱말이 없다. 다만 우리말의 자동사로서 '비나리치다'라는 말은 있다. 이것은 '아첨하면서 환심을 산다'는 동사적 표현이라는 것을 아울러 밝혀둔다. 이어서 〈아, 사랑아〉를 감상해 본다.

봄이 봄을 불러
꽃과 꽃 사이에 새로 핀 마음 하나
사랑이 바람처럼 지나며 만든 자국 안엔

도돌이표 무늬가 피어났다

마음이 마음을 안아
몸속에 퍼져 있던 상처를
타는 가슴으로 스며든 연모에
더는 아프지 말라 안겨 버렸다

사랑이 사랑을 불 질러
맘과 맘 사이에서 간절한 별 하나 뜨고
맞닿은 입술 사이에서 새어나온 숨소리에
떨리는 쉼표가 지워졌다

내 맘은 떼를 지어 하늘만큼 높이 날고 있다

— 〈아, 사랑아〉 전문

〈아, 사랑아〉의 오프닝 메시지 "봄이 봄을 불러/ 꽃과 꽃 사이에 새로
핀 마음 하나/ 사랑이 바람처럼 지나며 만든 자국 안엔/ 도돌이표 무늬가
피어났다"(첫 연)는 것은 분명 새로운 은유적인 감각적 표현미로서 받아
들여진다. 한국시단에는 흔히 보면 '사랑'을 노래한 시가 진부하여 독자
를 식상케 해 온 작품들이 많았기에 더욱 그러하다. 김영식은 그것을 극
복하려 제재에 '아'라는 감탄사를 곁들이고 있는데 묘하게도 감탄사의
병폐인 '절규적인 공허감'을 벗어나게 해 주는 표현의 매력이 있다. 그
것은 이 시의 제재 다음의 첫 연이 세련되었다기보다는 순수한 시작 태
도 때문이라고 본다. 시작법에는 이른바 모티프(동기)가 발생하는 데서
출발하는데, 그 모티프는 어디서 시인에게 다가오는 것일까. 프랑스 시

인 폴 발레리가 지적했듯이 "시의 처음 한 행은 신(神)이 써주고, 둘째 행부터는 시인이 쓴다"는 날카로운 지적이 떠오른다. 그렇다면 첫 행 "봄이 봄을 불러"는 신이 써준 것이고 둘째 행 "꽃과 꽃 사이에 새로 핀 마음 하나"부터는 김영식이 썼다는 대입이 성립되는 것은 아니런가. '사랑'에 대한 화자의 새로운 시적 논리가 자못 흥미로운 작품이다. 이어서 〈쪽달〉을 함께 읽어 본다.

대기번호 공구이칠
내 그리움이 떠날 사시간 후
다 타 버린 내 몸은
달빛 닿은 외줄 위에 올려진
설운 詩로 읽히리라

꿈꾸는 네 밤의 춤사위가
오열 섞인 너의 잔상마저 흩트려
힘겹게 보내야 할 내 몫은
외줄에 매달린 핏빛 이슬
고독이 방울방울 스산하게 떨어지면
가거라 그리움아 이제 가거라

네 행복을 바랄 뿐 불행을 원할까만
쪽달 타고 섧게 가거들랑
독하게 돌아오지 말려무나 아주 독하게

                                    – 〈쪽달〉 전문

〈쪽달〉의 마지막 스텐자인 "네 행복을 바랄 뿐 불행을 원할까만/ 쪽달 타고 쉽게 가거들랑/ 독하게 돌아오지 말려무나 아주 독하게"에서 도치법을 쓰면서 생의 아픔과 대결하고 있는 화자의 자세가 자못 비장하다. 그렇다. 인생행로란 둥글고 원만한 만월 아닌 쭈그러진 달 조각과 진배없음을 새삼 각성시켜 주는 진지한 자아성찰이 날카롭다. 시는 설명이 아니라 응축시킨 이미지의 간결한 전개여야 한다는 것을 사뭇 잘 제시해서 좋았다. 이런 시에 대해서는 설명을 구할 것이 아니라 독자로서 읽는 맛을 스스로 파악하면 된다.

화자가 무엇을 의도하여 썼건 그건 독자가 전혀 개의할 일이 아니다. 또한 시인이 세상에 내놓은 발표 작품은 이미 그 시인의 것이 아닌 각자 그 시의 독자의 몫이다. 따라서 그 작품에 대한 해석은 독자들 스스로가 느끼는 대로가 된다.

독자 여러분은 지금부터 1백년 전 고통 받던 일제하의 한국에 태어났던 이상(李箱, 1910~1937) 시인의 작품 〈거울〉(『가톨릭 청년』1934. 10에 발표), 〈오감도〉(1934) 등을 읽어보셨는가. 1920년대 프랑스에서 대두되었던 다다이즘(dadaism)적인 쉬르리얼리즘(surréalisme)의 이른바 '자동기술법'이라는 수법이 이상의 시작법이었다. 그것은 무의식의 상태에서 떠오르는 이미지를 받아쓰는 작법이기도 하다.

필자는 〈쪽달〉 등의 작품에서 '자동기술법'적인 표현을 파악하고 있다. 첫 연 "대기번호 공구이칠/ 내 그리움이 떠날 사시간 후/ 다 타 버린 내 몸"을 읽으며 필자는 대뜸 서구의 다다이즘적인 쉬르리얼리즘 수법이 떠올랐다. 물론 그렇다 하여 우선 〈쪽달〉 등이 성공한 작품이라는 단정은 아니다. 왜냐하면 성공 여부는 앞으로 한국시단에서 오랜 시간이 경과되어야 알 수 있기 때문이다.

다음은 〈공존〉이다.

현관문 손잡이를 찾다가
맘이 더 시들기 전에
가을처럼 주저앉는 상심을
바깥문 끝에 매달아 놓았다

한 번 더 긴 숨을 내뱉곤
조용한 눈을 늘어뜨려
비틀어진 가슴 언저리를
소리 나게 툴툴 털어냈다

멈칫거리는 문이 힘없이 닫히고
익숙한 냄새가 달려왔다

- 〈공존〉 전문

역시 이 작품에서도 다다이즘의 '자동기술법' 적인 표현이 두드러지고 있다. 다시 말해 해석은 독자 여러분의 자유다. 〈공존〉도 자꾸 반복하여 읽어 볼 일이다. 그러면 은연중에 독자는 자기 나름대로의 해석이 가능해질 것이다. 거듭 밝혀두지만 독자 나름대로 해석은 절대 독자의 자유다. 김영식의 시세계 전개는 필자가 근래에 보지 못한 무의식의 초현실적인 세계다. 어떤 의식이나 의도가 전혀 없는 상태에서의 시적 표현이다. 그것을 초현실적인 시세계로 보면 된다. 이러한 시의 배경이 되는 서구사상의 변천 과정부터 잠깐 살필 필요가 있다.

그리스도교의 중세 문화는 르네상스로 붕괴되었다. 그리하여 신본주의(神本主義)를 대신하는 새로운 생활 원리로서 인본주의(人本主義) 사상이 나타나게 되었다. 인본주의란 이성(理性) 중심, 이성 만능의 사상이며 그

것은 곧 합리주의 사상을 뜻하는 것이다. 이 합리주의 사상도 시대의 흐름과 함께 여러 가지 모순이 드러나면서 현대인의 회의와 비판의 대상이 되었다.

제1차 세계대전(1914~1918)의 발발은 이러한 세기말적 사조에 불을 붙였다. 결국 이러한 반합리주의의 경향을 바탕으로 일어난 문예사조가 다다이즘(dadaism)이다.

김영식이 이상(李箱)의 시세계에 접했는지 여부는 필자로서 전혀 알 수 없다. 나는 그와 시작(詩作)에 대한 대화를 해본 일이 없기 때문이다. 그러나 그렇다고 김영식의 시세계가 전혀 이상의 영향을 받았다고 보지 않는다. 왜냐하면 김영식의 작품들은 이상과 또 다른 그 혼자만의 독자적인 다다이즘적 쉬르리얼리즘의 자동기술법상의 시세계를 우리에게 뚜렷이 보여주고 있기 때문이다.

외줄기 밤이 흔들릴 때
그대가 피어오르면 될 일인데
이렇게 입술을 깨물고 서 있는 난

아득해진 내 가슴은 무엇인가
그대의 몸속으로 별 하나 떨어졌음인데
이렇게 숨쉬기조차 힘든 설레임

말 한 번 건네 보지 못한 나에게
달빛은 자꾸 나를 자극하며
내 속에선 여전히 그대가 흔들리고

점점 숨이 거칠어지는 외줄기 밤

– 〈외줄기 밤〉 전문

　〈외줄기 밤〉을 각기 자꾸 반복하여 읽어본다면 은연중에 독자는 이번
에도 자기 나름대로의 해석이 가능해질 것이다. 거듭 밝혀두지만 독자
나름대로의 해석은 절대 자유다. 앞에서도 지적했지만 김영식의 시세계
전개는 필자가 근래에 보지 못한 다다이즘의 무의식적 초현실적인 세계
다. 다다이즘이란 무엇인가. 서구에서 생겨난 다다이즘이라는 일종의 부
정정신(否定精神)은 합리주의에 기반을 둔 모든 문화적 전통을 부정하고
시 표현에 있어서도 일체의 기성 언어에 대한 부정과 파괴로 나타나게
된다. 때문에 언제까지나 다다이즘은 문예사조에 있어서 계속될 수는 없
는 일이기도 했다. 그와 같은 시대적인 문예사조의 변천 속에서 20세기
초 프랑스에서 일어난 것이 초현실주의 문학 운동이다. 그와 같은 시대
에 정신의학자 프로이드(S. Freud, 1856~1939)의 명저《꿈의 해석》은 정
신 분석학적 결론으로써 시문학에도 큰 영향을 끼쳤다. 그것은 인간의
심리를 '의식'·'무의식'으로 구분하고, 즉 "무의식이야말로 인간의 마
음의 대부분이다"라고 하며 인간생활에 미치는 '무의식'의 강력한 지배
력을 강조했다. '무의식'의 세계는 인간의 영감이나 욕망의 원천이 되기
도 하는 심층부의 심리, 즉 잠재의식이라는 비합리적인 영역이다. 그동
안 합리주의의 한계에 부딪쳐 새로운 돌파구를 찾던 20세기의 시인들은
인간 심리의 합리 구역을 떠나 새로 발견된 비합리 구역으로 옮겼다. 여
기서 프랑스 시인 브르통(A. Breton, 1896~1966)을 중심으로 '생의 조건
에 대한 개조(改造), 혹종(或種)의 건설 및 세계와의 화해를 시도'(「초현실
주의와 전후파—Le Surréalisme et L'Apres Guerre」)하는 초현실주의의 기
치를 치켜든 것이었다. 차라(T. Tzara, 1896~1963)는 프랑스 시인으로서

'다다이즘'의 창시자다. 이들과 함께 현대시에는 일대 변혁이 일어나게 되었다. 즉 새로운 표현 형식으로서 무의식의 내부에 축적·방치된 의식들을 있는 그대로 기술하는 이른바 '자동기술법'을 도입한 것이다. 그러 므로 처음부터 형식이나 의미 같은 것은 염두에 두지 않고, 제 마음 속에서 떠오르는 심리 세계를 기술하는 일이다.

초현실주의에 매료된 최초의 한국 시인이 이상이었다. 새로운 이상의 시세계는 내향적으로 볼 때 자학·자조·자위요, 외향적으로는 풍자·고발·저항일 수밖에 없었다. 일제 강점기의 정치 사회적 압박, 불안정한 개인 생활의 난맥상 속에서 그는 인간의 허무 의식과 자조적인 패러독스(paradox, 역설)로써 풍자한 것이 그의 작품세계였다. 그런데 김영식도 풍자·고발·저항의 의지를 다음의 작품 〈소각금지〉에서 여실히 드러낸다. 읽어보자.

시꺼먼 연기가 피어오르고
내 급한 걸음은 연기를 밟고 서 있다

길옆 소각금지란 경고문이
연기에 질려 인상을 찌푸리지만
까막눈 엄니가 무엇을 읽을까
함부로 소각하는 건 위법이란 문구를

타들어 가는 것을 물끄러미 내려보니
세금고지서, 그리고 대출금 미납 안내문 등
다 타 없어져 현실이면 좋으련
엄니께 전하려던 말이 목구멍에 걸린다

얼추 다 타 꺼져 갈 때쯤 어머니 曰

나도 다 알아 아들

– 〈소각금지〉 전문

김영식의 경우도 초현실적인 무의식 세계의 자동기술법에 의한 작품
이 이렇듯 불안과 절망 속에서 지성(知性)과 체험의 소산으로 뚜렷이 나
타나고 있지 않은가. 그의 시세계는 하나하나 무어라 단정할 수 없는 그
혼자만의 심층심리가 강력하게 전해지고 있는 셈이다. 그 점 역시 독자
들도 독자 나름대로 해석할 자유가 있음을 여기 다시 지적해 둔다.

이상과는 또 다른 21세기 현대시인 김영식을 발견한 필자는 언젠가 가
까운 날 그와 한 번 긴 대화를 나누려고 한다. 여러분도 이 사람과 똑같은
생각을 가지시리라 본다. 김영식 시인이여 주먹 불끈 쥐고 한국시단에서
묵묵하게 파이팅!

김영식 시집

우울한 無요일엔

●

지은이 / 김영식
펴낸이 / 김재엽
펴낸곳 / **한누리미디어**
표지디자인 / 김한비
편집디자인 / 지선숙

●

121-840, 서울시 마포구 잔다리로 35(서교동 395-13) 서원빌딩 2층
전화 / (02)379-4514, 379-4519
Fax / (02)379-4516
E-mail/hannury2003@hanmail.net

●

신고번호 / 제300-2006-61호
등록일 / 1993. 11. 4

●

초판발행일 / 2013년 11월 5일

●

ⓒ 2013 김영식 Printed in KOREA

값 12,000원

●

※잘못된 책은 바꿔드립니다.

●

ISBN 978-89-7969-461-1   03810